죄 없이 다음 없이

임곤택

시인의 말

　창밖 세상은 지붕과 나무들, 새들의 노래와 자동차 소리로 가득합니다. 전깃줄은 구름을 지나 사방으로 뻗어 갑니다. 길 고양이는 새끼를 네 마리 낳았습니다. 장마가 곧 시작된다고 합니다. 그네를 흔들며 꼬마들 몇이 재잘거립니다. 지났거나 아직은 지나지 않은 이야기들.

2021년 여름

임곤택

죄 없이 다음 없이

차례

2부 빛나지 않는 것들을 잠시 빛나게

3부 일요일의 사람들이 지나갑니다

4부 돌아가는 길에, 돌아가도 좋으냐고

해설

1부

닮았다가 달라지다가
다시 닮아 가겠지

그러지 말걸

소리 지르는 아이를 참다가 참다가
그 엄마에게 항의했다.
그러지 말걸 그랬다.

눈이 내렸고 눈을 뭉쳤고 벽을 맞혔다.

말을 그치자 말이 없다 잠깐 뜨겁고 오래 차갑다.
생면부지의 열애는 늘 이렇다.

주머니에 손 넣어 동전을 짤그락거린다.
눈이 계속 내린다.

벽에는 내가 던진 눈 뭉치가 뭉개져 있다.
그러지 말걸 그랬다.

식욕

이리저리 생각해 보겠습니다

여름은 끝났습니다
문 앞에 배달된 상자 하나
빈 상자는 아니군요

아버지는 평생의 밭뙈기 전부를
제게 남겼습니다
그도 그럴 것이
저는 가장 게으른 아들이니까요
그곳엔 그가 묻혔으니까요

하얀 침대 곁에서
사과를 깎고 김밥을 나눠 먹고
우리는 서로 다른 땅을
떠올렸습니다

이제는 그의 것이 아닌 곳

상자 위엔 무엇이 써 있군요
이만큼 알고 나면
그만큼 무서울 테니
망설입니다

달리는 자동차 닫힌 창 위에
행인들이 비칩니다

사람의 어깨로는 가릴 수 없는
다른 것이 되는
숨어 자라는
아무리 걸어도 해지지 않는

그런 것이 있다고 믿겠습니다

발견

손톱이네, 정말 손톱이다
도서관 책상 콘센트 구멍에 낀 것
벌레? 풀씨?
살아 있을지 모른다 연필 끝으로
살짝 끄집어낸다

누가 여기서 손톱을 깎았을까

소리가 났을 테지
책을 꺼낼 때 따라 나온 것이겠지
소매에 묻어 있던 것이겠지

작은 것들은 서로 닮는구나
닮아서 어느 부주의한 마음에 잠깐 산다
이름을 떠올릴 때마다

벌레? 풀씨?

기뻐했을까 부끄러웠을지 모른다
연필 끝으로 살짝 끄집어낸다

이것은 손톱이다
누가 여기서 손톱을 깎았을까
살아 있을지 모른다

서울에서 멀어지면

대답을 듣고 다시 잠이 들었지
시시한 것을 묻고
시시한 것을 듣고

시시해서 우리는 좋았다
음악은 아무거나 휴지를 구겨 버리듯
12월 마른 잎들
우리는 책상을 맞잡고 머리를 부딪히며
방을 옮기고

강릉이나 삼척으로 가자고 했지
서울에서 멀어지면 우린 아주 행복할 거라고
거짓말로 안내하던 택시 기사에게
속았던 때를 기억하면서도

귀찮은 일은 문득 삐져나온다
비행기를 처음 타는 노인들의 여권과 티켓
에스키모 다큐에는 상처 입은 개들이 보이듯이

계획이란 늘 그렇듯이

상자를 채워 더 큰 상자에 담는다
깜빡 잊으면 두세 배 늘어나는 일들

스웨터 장갑 철 지난 것들
그렇게 다
버릴 수 있을 것 같으면서도

머리를 부딪히며 우리는 짐을 옮긴다

시시한 것을 담고
시시한 것을 쌓고

아마도 셋은

꼬마 셋이 지나간다. 같은 곳에서 머리를 자른 듯 머리 모양이 똑같다. 가운데 아이가 저금통을 거꾸로 들어 올린다. 셋이서 동전 구멍을 올려다본다. 떨어지기를 기다린다. 눈송이 민들레 사탕 한 알, 어떤 것이 나오면 좋을까. 꼬마 셋은 닮았다 하나쯤 닮지 않아도 좋지만 그들은 닮았다.

더 많이 닮다가 슬슬 달라지겠지. 과일을 사거나 팔겠지. 과일 가게를 지나가겠지. 튀어나온 자동차에 놀라 물러서겠지. 사랑하거나 그랬다고 믿겠지. 매미 소리를 듣겠지. 겨울에도 푸른 풀잎들을 무심결에 지나치겠지. 기다리는 사람이 있겠지. 닮았다가 달라지다가 다시 닮아 가겠지.

어두운 신발

너무 빨리 왔어

당신의 휘파람은 점점 가깝고
한 개의 젖니도 아직
흔들리지 않아

소리와 시간들의 집
당신의 목소리와 가장 닮은 숲으로 달렸지
당신이 나를 찾을 수 없도록
서두르지만 당신은 늘 한 발쯤 늦고

사랑할걸 그랬다
재채기 소리 하나 놓치지 말걸
빗방울 같은 거 톱밥 같은 거
거짓말로 지어낼 수 있는 일들까지

바람에든 눈발에든
다 벗어던질걸 그랬다

해가 뜰 때와 질 때, 이곳은 두 번 하얗다
유쾌한 친구 서넛이
차례로 공립학교 담장을 넘는다

장거리가 좋죠
역 앞 줄지어 선 택시들
식당과 약국
수은같이 걸쭉한 국물

당신은 또렷하지만
현관의 어두운 신발

당신의 집은 내가 자란 곳에서 멀지 않다
복숭아꽃 살구꽃 노래를 가르치는 선생님
따라 부르는 아이들의 하품

기억나지 않는다 분명히 배웠는데
가슬 가술 ㄱ술 이를테면 가을

웃음소리 들리지만 웃는 당신을
떠올리지만
에밀리, 크리스티 이름을 바꾼 여자애들
검은 정장을 차려입은 사내아이들

골목의 시작은 여인숙이 있던 이층집
나무 그림자 몇 개 애인처럼 엉겨 뒹구는
소리와 시간들의 숲

물을 게 있다거나
전할 게 있었다고 둘러대지 말 것

벽으로 빨려드는

아이야
아이의 뒤를 주춤거리는 늙은 여자야
걸음이 불편한 모든 별들
바퀴와 계단들
아이가 잠시
허리 굽혀 무엇을 줍는 동안
깜박깜박 끊기는 늙은 여자의 시간
유리창에 쏟아진 붉은 노을의 빛들
가지 끝에 매달린
한 이파리 여러 개의 눈이 되고
벽돌 틈새 점점 벌어져
발을 헛디딘 바람 벽 속으로 빨려드는 때
팔을 붙드는 바람
가볍게 찢긴다, 싱싱하게 지친다
노랑 꽃 리본이 예쁘게도 날리는
늙은 여자의 모자

하얀 말

여러 개의 방을 담은 큰 집이 있고
과수원을 지키는 작은 집이 있고
나무 사이에는 하얀 말이 산다

아침의 산책길 저녁의 산책길
하얀 말을 본다
그의 등에는 돌아간 아버지가 타고 있다
떠올리기 싫은 내 화난 얼굴
거칠고 무례한 친구들이 타고 있다
어느 바쁜 일이
하얀 말을 몰아 오는 것 같다
털옷 입은 사람을 보았고
맨발로 걸어간 자국들을 보았고
보는 곳마다 하얀 말이 있고
볼 때마다 사라진다

여름이 되려는 것 같다
하얀 말은 여름이 되려는 것 같다

기도하는 낙서

기도하라

벽에는 그렇게 쓰여 있었다
글자와 그림들이 삐뚤거렸다

우리는 뒤따르는 군중처럼
손에서 입으로
이어지는 술잔을 들고

기도하라
기도하라

무한리필
고깃집이 생겼다
벽에는
그렇게 쓰여 있었다

묻고 싶지만

물으면 더 깊이 숨기겠지
연기와 숨
고기 타는 냄새

우리는 처음 고기를 맛보는 것처럼
그것이 맛있을까 봐 두려운 승려처럼
탁자와 벽, 낙서들을 읽었다

우리는 삐뚤거렸다

손에서 입으로
이름과 얼굴들이
삐뚤거렸다

한 조각 아름다움

빨래를 넌다
세상에 없는 사랑을 가졌다는 듯이
세탁기도 있는데
붉은 손톱으로 속옷을 빨고
볕바른 곳, 반쯤 열린 베란다 창가
빨래와 붉은 손톱을 널고
몰려오는 먹구름과 달콤한 먼지의 거짓말에도
뒤집어 빨아 놓은 그것을
뒤집어 말리면서
여자와 남자 첫차와 막차 동전과 지폐 따위
짝이 되는 사물들로 세상을 이해하는
우리는 바보들의 힘을 믿고
그것으로 사랑의 겨울과 사랑의 더위를 씻고
털 묻은 속옷을 빨고
백주대낮에 소문내듯이 그것을
부모처럼 형제처럼 행복처럼 가지런히 널고
검은 속옷 무덤덤한 그것에
우리는 한 조각 아름다움, 그 말도 안 되는 것을

꼼꼼히 찾아

그럴 수 있지만

23시 17분

달의 지름을 서너 배 늘인 옆에는 흐린 날에만 보이
는 노란 별이 있다. 그 별은 버스가 만들어지기 전에,
우리가 두 발로 걷기 전부터 빛을 보냈다. 우리가 보지
않는 동안에도
달린 별빛은 밤이 되어서야 우리에게 닿는다.

버스기사는 같은 길을 여러 번 오간다.
한 사람을 두 번 태울 수 있고
그때마다 안녕하세요 인사할 수 있지만

23시 08분
파충류 판매점은 불이 꺼졌다.
뱀들은 서로 몸을 얽고 잠들었을 것이며
마음은 말로 다 표현할 수 없지만

지나가는 것은 몇 번 더 지나간다

23시 03분

가로수는 활엽수가 많다

별의 일생이 끝나면 몇 억 년이 지나서야 우리는

별 하나가 사라졌다는 사실을 알게 되지만

승객들 숫자는 어제보다 적다

23시 02분

말은 없고 웃지 않으며

오후의 느낌과 여행을 떠나자

이렇게라도 바람이 불고 한 대씩
자동차 지나가고
늙은 여자는 애초부터 늙도록 되어 있어서
더 예쁜 것을 얻어서
딸을 얻은 사람은 그렇게 행복해져서

살아 있어서 참 좋은 오후
두 사람이 탄 오토바이
앞사람의 허리를 두 손으로 감싼다
셋이 탄 자동차는 바퀴가 넷
등에는 배낭이 있고

이런 꿈을 꾼다
좋은 오후와는 어떻게든 늦게 만나서
채소를 함께 다듬고
반쯤 죽은 것에 물을 뿌려 반쯤 살리고
게으른 아이는 그냥 놔두면 된다

되도록 멀리 가기로 하였다
비가 예보되었다
가방에는 더 많은 자랑과 남는 식욕
뒤에 앉은 사람이 손가락 뻗어
저 앞을 가리킨다

둘인 듯 셋인 듯 그 이상인 듯
주머니엔 숟가락 하나씩
모처럼 하루가 빼곡히 채워지는 날
어쩌나, 그치기 싫다

10센티 일몰

너는 연습 중
담배 연기는 얼굴로 되돌아온다

하늘은 빨갛고
달리는 사람은 조금 더 빨갛고
오늘은 나중에게 물러서지 않기를

아이를 땅에 묻는 젊은 부부는
동전 한 개를 그 위에 던져 놓는다

너의 말이, 여기 적는 글자들이
낱낱이 혼자이기를
혼자들이 배를 만들고 게으르게 연명하기를

10센티 남은 일몰
버려진 가옥 퇴색한 페인트가 집일 때

이것들 다 혼자일 때

잔인한 호의 없이
죄 없이
다음 없이 혼자일 때

2부

빛나지 않는 것들을
잠시 빛나게

쑥

낮에는 풀이었다
텃밭 가에 자랐으니 낮에는 풀밭이었다
쓸모없었다

인도에 접해 있으니 길이었다
들여다볼 생각은 못 했다

걷는 사람은 느려도 바쁘다
역 앞 큰길에서 소방서 쪽으로
낮에는 지름길이었다
아는 사람만 알았다

밤이 되니 쑥이다
길도 아니고 밭도 아니고 보거나 못 보거나 휘었거
나 굽었거나
쑥이다

멀리 간다고 가까워지는 건 아니야

들어가지 마
너를 꺼낼 수는 없을 것 같다

잎들의 웅크린 이야기
어두울 때와 불일 때의 이야기
지금은 없는 것들의 한창때

펄럭이는 태극기 휘날리는 새마을
깃발 아래서
마을은 평화롭고 학교는 폐교이고

후일담을 전하는 사람에게
뿌듯함을 안길 정도로만 성공한 투사에게
참새와 글자들이 구별될 정도의 거리에서
그늘 아래서

사랑같이 생긴 것을 타고
마구잡이로 떠밀려 가는 사랑이었던 일들

하늘 구름 천하대장군, 이런 것들에
깃들어 있다면
우리의 헐거운 동거에 대해서도

카니발 9인승 조금 내려진 창틈으로
들어가려는 새가 보이고
소리 없는 공간
무서워서 편안한 것들에 대하여

접이식 의자, 오월의 망초는 쑥쑥 자라고
아직은 싫지만 꺼내 보고 싶은
겨울을 맞이하겠네

밤의 북벌

軍馬를 끌고 간다
밤은 어둡지 않고 가계의 우울처럼
한번 오면 밤새 돌아가지 않는다
말은 슬픔을 걸음으로 바꿀 수 있다
가족의 쪽잠 사이로 하품 사이로 번지던 것
밑도 끝도 없이 전진

통로에 선 외국인들의 낯선 말
노동자들이 거의 분명한
그들은 부드럽고 강하게 스, 크, 발음하고 있다
초원의 바람을 닮은 유—
구름 보고 누운 청년의 입술에 루—
양 떼와 소 떼 지나는 진흙길의 추—

밤기차를 타면 떠오르는 목포행
목포행을 타면 반드시 만나는 아버지
다음 날의 선창과 썩은 내장들

가장 빠른 말은 어떤 색이었을까
가장 오래 달리는 말은
두리번거려도 두려움 없는 저들은
멀리 달려온 뒤에는
어떤 물소리 듣고 개울을 찾아냈을까

열한 시 넘은 역에는
앉은 사람, 선 사람, 기대고 조는 사람
불빛은 기차의 창을 비춘다
그보다 자세한 달빛
초원과 구름과 軍馬와 졸음들 뒤섞인 밤의 북벌
잠깐 멈춘 역에서
말들은 어떤 풀을 뜯었을까

메이드 인 베트남

그녀가 머리칼을 말리는 동안
프로야구 올스타전
재방송을 보았지, 박수 소리
우우웅 드라이기 소리

대나무 발이 흔들거린다
made in vietnam
그곳에서 우린 전쟁을 치렀지
총질과 방화
더운 바람 흔들리는 갈대들

겨울은 빛나지 않는 것들을 잠시 빛나게 해 준다
하얀 연기 춤추는 플래카드
겨울 창문 made in vietnam

　　저기, 아파트 뒤에 작은 절이 있어. 열두 시면
　　종을 치는데…… 참, 자기 옛날에 절에서 살았
　　다지 않았어?

머리칼을 말리는 동안
지난여름의 열기 흐르는 땀방울
의자에 걸쳐 놓은 속옷
알록달록 마른다

베트남은 남쪽 오랑캐
여자들의 이빨은 검다
입 맞추고 싶지 않도록

참전 용사의 등에서 총알 자국을 보았지
떠밀려 걸은 진창길
베트콩 몇을 쏘고
곱절의 월급을 고향에 부치고

전쟁을 치렀지 made in vietnam
더럽게 안 끝나는 지난여름

악수

참새의 암수를 구별할 수 있다는 그는
'잠깐만 기다려 주게'
머리칼 하얀 K씨 프레스센터 뒷길에서
벌건 얼굴로 다가온다

풀잎 붙들고 교미에 애쓰는 잠자리를 보았다는 K씨
벤치 등받이를 쓰다듬으며
'저녁은 몇 시에 먹을 건가?'
묻는다 두 번

2호선 지하철역을 순서대로 외운다는 K씨
까치와 길고양이는 사는 곳이 일정하다고
'정해진 구역이 있어'

어린 나이에 운전을 배웠다는 K씨
건물 위 광고판을 올려다본다
구름이나 인공위성을 보는 것일 수도 있다
'〈핸콕〉에서 윌 스미스가 주연이었지?'

묻는다

월 스미스는 〈맨인블랙〉에서도 주연이었다
검은 옷을 입고 외계인보다 빨리 달렸다
허리 구부려 신발끈을 묶는 K씨
발등의 먼지를 닦는 것일 수도 있다

깃발

조롱의 종교가 시작되었다
미워하는 일에 망설임이 없다
미움은 이렇게 추해졌다

어느 일본 병사가, 난징 대학살에 참전했던
병사가 딱 한 번 망설였단다
죽이려던 중국인이, 그 '돼지 새끼'가
제 아버지를 닮았더라고

미움 없는 미움은 망설임이 없다
미움에는 공포가
공포에는 안 보이는 아버지가 숨어 있는데
그래서 미움은 인간적인데

아버지 닮은 돼지를 끝내 죽인
병사의 망설임
가장 인간적인 그것이 전도順倒를 일으켰다
아버지 닮은 나는 영생을 얻겠네

기미가요
혹은, 성조기여 영원하라

고백은 지배하려는 또 하나의 기술
씻어 내고 싶은 고아의 초라함
밥상에 놓인 애비의 미지근한 쪽지

기차를 기다리는 광장
깃발 휘날린다, 한참이 지난 뒤의 고백들
돼지를 죽이기 전 망설임으로
아버지 찾는 마음으로
무엇이든 닮으려는 공포로

미움도 없는
미움은 이렇게까지 추해졌다

카페 탱고

걸음마를 시작하면 탱고
발을 맞추는 신사와 숙녀들

남자는 결박하듯 여자를 감싼다
내버리듯 포옹을 풀고
우측 통행
높낮이가 다른 지붕
묻지 말고 탱고

발 맞춰 신호에 맞춰
안내와 지시에 맞춰

엘리베이터 문이 열린다, 탱고
몰두하던 그들은 어색하게 탱고
구석으로 돌아서며 탱고

겨울밤엔 오리온자리가 가장 빛나지
새벽쯤엔 다른 곳을 비추지

그치지 않는다 이렇게는
끝나지 않을 것 같아
웃음과 껍질
신문지와 돈뭉치

바쁘다고 말했지 너는
손이 예쁘지만
그럴듯하게 직업을 속이지만

오늘은 탱고
묻지 말고 탱고, 탱고

넝쿨

그녀가 온다
온 동네 백수들의 노골적인 손짓을 슬쩍 밀치며
그녀가 지나는 길의 이층
커다란 창이 두 개나 붙은 집을 나는 질투한다

그녀의 길목에
한가한 가게들, 간판과 행인들
한꺼번에 달려들어
모종의 갈증이 엉킨다

빨래를 넌다
하고많은 옥상과 하고많은 햇볕을 놔두고
그녀 향해 열린 창틀에 수건 한 장을 내건다
재잘거리는 꼬마들의 머리 위

봄, 햇볕, 수건 한 장의 순서로
그녀를 뒤쫓는다
저것들의 눈빛은 틀려먹었다

흔들어 대는 손목댕이 싹수 노랗다

그녀의 길목을 향해 앉아
하루 종일 일도 없이 나란히 앉아
주차된 자동차들 좋겠다

그녀가 머리칼을 흔든다, 미치겠다
길어지는 담장
걸핏하면 털어놓는 속엣말같이
장미꽃 피는 계절

알 것 같다

물론 나는 그럴 수 있겠다
돈을 뺏거나 몸을 뺏거나
목숨을 뺏거나

여자는 흘끗 나를 살핀다
덥수룩한 수염
손에는 담배 한 갑, 식빵과 커피 한 봉지
하늘 맑아서 좋다
손에 든 봉지가 묵직해서 좋다

그러나 나를 모르는
당신의 공포는 합리적이다

무서운 남자와
무서워하는 여자의 골목길
죽거나 죽이거나
저지르기 좋은 곳

우리가 기른
우리를 기르는 세상

지키고 싶은
없는 소유
없는 구원
없는 충족
잘 배운 의심과 조심

아니라고 말하려면 붙잡아야 한다
무엇인가 저지를 듯이

이유

술에 취하면 밥을 한다
밥이 되기를 기다리다 잠든다

어떤 친구는
우울하다고 권태라고 말했고
다른 친구는 아니라고
너무 취한 거라고
그래서 떠난 거라고

알지만 자세히 알기는 어려운
속도와 피로에 대해 우리는
말하는 것이었지만

왜 알기 어려울까
밥인데 술 이야기를 하고
다 지나갈 거라고
아니 내가 보낸 거라고
밥을 먹어야 하는데 술을 마시고 취해서

짓는지도 모르게 밥을 짓는다

누군가 해 놓은 밥을 먹는다
뒤척이고 껌벅이다가
다 지나갈 거라고
아니 내가 보낸 거라고

광화문에 가야 한다

두부를 먹고 싶다
사과를 먹고 싶다

두 시간 후면 광화문에 가야 하는데
서울 가는 기차를 타야 하는데

방은 어둡고
설경이 아름다운 영화를 보고 있다
눈이 내릴 텐데
눈 쌓인 곳이 있다고 하는데

두부를 먹고 싶다
지긋지긋하게 흙냄새 나는
사과를 먹고 싶다
연분홍 꽃이 시들어 맺은 열매

이제 술을 깨고
점심을 먹어야 하는데

기차를 타야 하는데

두부를 먹고 싶다
사과를 먹고 싶다
설경이 아름다운 영화를 보고 있다

광화문에 가야 한다
광화문에 가야 하는데

어제 일처럼

자동차 불빛은 보름달 크기
몹시 마른 사람과 그럭저럭 식사를 마친 사람
왜 그랬어
물으려다 마는 사람

어제는 너무 많이 말했다
오래 만나지 못했다

뉴스에선 사막의 전사들과 얼굴을 감싼 여자들
　재들은 왜 맨날 싸운대니
　무슨 바람이 저렇게 분대니

그는 일을 잃고
나와 일했던 기억을 어제 일처럼
점점 큰 목소리로
손톱만 한 애인을 귓속에 숨긴 듯이

　제주도에 다녀왔어요

해바라기를 심고 벌써 두 번째 꽃을 보았네요
비 오는 날은 국수를 먹었습니다

흔들리는 옷자락
AK소총을 어깨에 메고 모래바람에 기도하는
사막의 전사들은 어리거나 너무 늙었다

우리 참 많이 말했다
경쟁하듯이, 그러지 않으면 안 되는 듯이
그랬다 언제나 그랬듯이

똑같은 입 모양으로 웅웅거린다
몹시 마른 사람과 그럭저럭 식사를 마친 사람
왜 그랬어, 말하려다 마는 사람
손이 얼었구나

모래 언덕에는 어제도
오늘도

눈 따위 내리지 않는다

사막의 전사들 흙으로 지은 집
귀머거리 아이들
풍금의 놀이터
이가 부러진
수백 명의 먹성 좋은 아이들

우리 참 많이 말했다

3부

일요일의 사람들이 지나갑니다

Lost

눈이 쌓인다
허리 굽혀 노인이 그것을 줍는다
조소실彫塑室의 뼈대처럼
다른 것이 되어 간다
노인은 뒤늦게 어떤 모양이 되어 간다
눈의 소굴에서 해를 넘긴 우리는
맨발로 걷는다
맨발은 발톱처럼은 움켜쥐지 못한다
보이는 것과 쌓이는 것을 뒤섞어
다른 것이 되어 간다
달리는 기차와 객차 하얀 기관차
그냥 이렇게
생각들 조용한 거리
노인 혼자 수레를 끌며 걷는다
흐릿한 형상들의 집에서는
앉으려는 것처럼
눈이 쌓인다 벌써 많이 쌓였다

무정

여자가 간다, 저 불을 밟고
딸을 낳은 딸에게
미역을 주러 가는 길이다

여자가 돌아간다 저 불을 밟고
딸에게 줄 미역을 주지 못하고
돌아가는 길이다

해가 지기 때문이다
불타기 때문이다

미역은 길가 어느 모르는 집에 맡겼다
그들을 믿을 수 있을까
상관없다
그들이 미역을 전해 주지 않는다면
미역을 받았다는 사실도
엄마가 오다가 돌아갔다는 사실도
말하지 않을 것이기 때문이다

말하지 못할 것이다

불타기 때문이다
해가 지기 때문이다

해라, 하지 마라

부고를 받는 일이 지겹다
은행 로고가 찍힌 봉투에 오만 원을 넣다가
은행 로고가 맘에 걸려 그것을 빼다가
읽어야 할 무엇을 읽지 못했다는 생각

버스를 타고 갈 때
이 동네서 내릴 사람
저 동네서 내릴 사람, 정확히 맞힌다
있어야 할 것이 어김없이 있을 때

담배를 피우다 보면 단맛이 난다
중독은 정직한 것 틀림없이 안내하는 것
돌아오는 것

잎이 돋고 그것이 지칠 때
지느러미 자라고 그것이 지칠 때
날개가 돋고
그것이 또 지겨워질 때

파라솔에 푸른곰팡이가 피었다

봉투를 사려니 귀찮아 오만 원을 그냥 넣다가
그곳에도 봉투가 있을 거라 생각하다가

가을이 왔다

잎이 다 졌다
곰처럼 걸어 바싹 말랐다

중고 타자기를 샀다
기역 니은 글자마다 놓인 위치를 찾고
그것을 종이에 새기는 동안
세상은 시가 되었다

시 한 편 적는 동안 가을이 왔다
타자기 소리는 흉기였다

잎이 다 졌다
닫힌 창문 지나고
두드리고 싶은
생각들 지나고

탁 탁 탁 탁
가까워진 소리와 숨은 글자들

사이에서

잠들면 안 되는 한낮이었다

신호 대기

도로를 막는 백만 마리 염소
백만 년 동안
차례로 풀을 뜯고 물을 마신다
바다에서 걸어 나온 사람, 그를 띄운 최초의 파도
붓다의 제자들은 사랑을 이해했으며
사랑을 멀리하였다
젖을 물리는 여자와 그의 품에서
얽히고설킨 핏줄, 줄지어 선 자동차들
먼지로부터 온 것들
드러내지 않은 마음과 늙은 아버지
그를 묻은 최초의 땅과 아내와 사랑과 나비와 행복
과 시든 민들레
양편에서 기다리는
백만 년
손님이라고는 없는 가게들
붓다의 제자들은 얻어 온 끼니에 재를 섞어
맛을 없앴다
최초의 끼니와 불타는 그릇

하늘에서 땅으로 돌진하는 돌덩이 그것에
묻어 온 불씨
흔들림 없는 교차로의 자폐
창을 열었으니 꽁초를 튕겨 버리자
백만 년
백만 마리 염소, 쓸쓸한 귓속말
파랑 빨강 노랑

조금만 조금만

당신은 나를 도토리로 만들었다

조금만 다듬어 달랬는데
한 달이면 다시 올 거랬는데

　당신이 처음 머리칼을 만질 때
　머리칼에 손가락을 넣을 때

무엇을 들춰내려 한다고 생각했다
한 달도 안 돼 다시 올 거랬는데

　당신의 숨이 얼굴에 닿아
　잠들 수 없었고 잠든 척했다

십 년 넘게 이곳에서 머리를 잘랐다면서

　머리칼 가득 물을 적실 때
　머리칼 한 줌 훑어 내릴 때

무엇을 찾아낸 줄 알았다
십 년 넘게 머리를 잘랐다는데

 농담을 시작하는 물의 무늬
 버석거리는 안개
 뱀의 허물은 돌 틈에 있다
 쓸모없는 주의와 경고들
 허물을 두른 당신이 머리칼을 행군다

복숭아밭 멀지 않은 곳
주방같이 너저분한 미용실

조금만 다듬어 달랬는데

 송사리 같은 당신의 손가락
 당신이 기른 봉두난발

물컵을 보며 재떨이

너무 느리면 앞서게 된다

우리 동네 초등학교 뒷골목에는
문방구, 이발소, 나뭇가지에 눌린
지붕 양철 충치 떡볶이와 벽시계

아름다운데 치를 게 없다

열심히 지나간다
지나치고도 좋은 것만 기억하는 사람
그래서 두 번 지나치는 사람

골목 끝에는
오토바이 가게, 폐차된 오토바이 열 대쯤
병아리 색깔의 유치원 버스

담배를 피우다 물을 마시고 싶다
물컵을 보며

재떨이 들어 입에 가져다 기울인다
꽁초 몇 개 바지에 쏟는다

더 자주 잊어야 한다

수족관

눈이 마주쳤구나
내 눈빛 얼마나 무섭겠니

우리는 먹고 싶다
기다리는 자여
구원은 멀지만 분명하구나

장어를 쥔다 미끄러진다
힘을 준다
달걀을 쥐듯 터지지 않을 정도
대가리를 못에 걸고 뼈만 남긴다
점액질의 묘한 쾌감
징그러운 살기
이것은
우리의 즐거운 운명

나는 너보다 힘세다
이게 전부다 여기서는

비 내리는 도시는
물이 많아 고향 같겠네
숨 쉬기 편한 곳은 바깥이 잘 보이는 곳
나와 봐야 죽겠지만

정글에서는 적을 이기면
그를 먹었다는데
그것으로 적의 영혼을 가졌다는데
영혼 따위 나는 필요 없는데
힘찬 꼬리가 필요한데
부드럽게 꽉 쥐는 기술이 필요한데

잘 구웠다 맛있게 구워졌다
그래, 이것은 나의 人情

언덕의 동화

여름밤 찬바람 어디서 오나
땅밑은 어두우니 하늘에서 오지

언덕에는 사과나무
파란 사과 두 알
하나는 둥글고
또 하나는 비쩍 말랐네

하루내 쓴 글 어떻게 지우나

별 하나에 지붕 하나씩
내려오기 편하도록
길 잃어 기쁜 듯
내일 다시 오도록

누가 말하나 이렇게 쉬지 않고

한 사람도 없다

그다음은
오래오래 행복하게 살도록

바퀴 뒤에 숨는 고양이
우리 서로 놀란다
온몸으로 번지는 냉랭한 기척

무엇을 불러내고 있나, 나는 지금

흩어진 신발
아니라면 젖은 베개
땅밑은 겨울이니
그렇게 붉어지도록

어깨 위에 등 뒤에
이 많은 것들

먼지와 이파리

징그러운 잔가지들
그런 것이 있지 너를 기다리는
배고픈 벌레들
그런 것이 있지 찌꺼기를 다투는 비둘기
먼지를 숨 쉬는
그런 것이 있지

골목엔 쓰레기가 쌓였지
지겹도록 끝나지 않는 싸움이 있지
누가 옳은지 알 수 없는
그러니까 아무것도 할 수 없는
특별히 나쁠 것도 없는

우리는 아무나 닮고 말았다
맞바꿔도 바뀌지 않는
우리의 무게
우리의 시간

너는 독백은 빈틈없이 내가 되더니
약속은 잠시 완성되더니
봄이 오더니
부고를 듣고 옛 친구를 마주치고

흘린 동전을 주우려 뻗은 손
불쑥 드러나는 잔가지들
가늘고 또렷한 그것을 흔들어 너는
자꾸 나를 쳐다봐

징그러운 그 까마득히 퍼지는
식욕

너는 쉽게 속는다

봄이 오긴 오나 보네요.
오늘 낮엔 구청에 다녀왔는데 거기 화단에
산수유가 노랗게 피었더라고요.

이런 편지를 쓴 적 있구나
장마가 시작되었다
우산 들고 동네 한 바퀴
절반은 물이 돼서 돌아온 아침
그치기 어려운 일들
편지를 읽는다 여러 해 전의 편지

담배는 끊지 못했습니다.
동네 한 바퀴 빠르게 걸었더니 땀이 흐르네요.
비가 오면 좋겠습니다.

데리러 온다는 말

맑은 날이면
데리러 온다는 말이
떠오릅니다

아이와 엄마
강아지와 주인
밝아지는 창문

일요일입니다
사람들 지나갑니다
데리러 가는 길이면 좋겠습니다
맞으러 가는 길이어도
좋겠습니다

두 곳이어서
이곳과 다를 거라서
믿게 됩니다

죄와 벌
─모기

몇 잔의 열광과 유배
적막해서 우리는 풀포기를 거목으로 키우고
밤과 낮
죄와 벌의 음탕한 결연
충실한 너는 수도원의 낡은 두루마리를 들고 온다
날개 돋친 식욕
들켜서는 안 될 피의 향연

창을 들고 뒤뚱거리는 너는 어두운 용병
최초의 고통 필사의 탈주 같은
따끔한 흡혈에 우리는
'물리다'라는 둥그스름한 이름을 붙였구나
붉게 엉긴 밤을 확인한다
골방의 너비 벌려 스웨터를 꿰어 입는다
이 유쾌한 올가미
벌이 없구나, 아침이라는 형식은

4부

돌아가는 길에, 돌아가도 좋으냐고

카나리아 노란 새

카나리아 노란 새
너 말고는
아무것도 누리지 않겠어 웅크리듯이
말했을 때 카나리아
시월에 꽤나 어울리던 새

당신이 아니라도, 한 사람 정도는

나는 여기서
네가 보았다는 달의 표면
어릴 적 길렀던 계수나무와 토끼 두 마리
우리 손끝이 어느 모르는 세상으로 향해 갈 때
큰일이 벌어지는 것처럼
둘이서 하늘을 볼 때

한 사람이 뽑힌 자리로 내려앉은
카나리아 노란 새
따로 자란 손발을 이어 우리는

한번 더 어른이 되고
굳은살이 되고
처음은 아니지만 마지막까지는

함께 부를 노래가 없구나
부러운 부끄러운 후퇴

거역을 모르는 우리는
강아지를 보고, 거북이와 도마뱀을 보고
청계천을 따라
가격표 붙은 새장은 너의 몸인지
어쩌면 나의 말인지

이상하다, 뭔가 이상하다 카나리아 노란 새
불을 끈다면 깜깜해져 너는 내 말을 믿을까
유리를 두드리면 달려오는
붉은색 흰색 카나리아 노란 새

꺼내 주고 싶은, 그럴 수 없는 것을

속이는 것 같은 시월 한낮

카나리아

카나리아 작고 노란 새

집인가 아닌가

저기가 내 집이었다
속이 비치면 집이 아닐 것 같지만
앓아누운 사람 한둘 없으면
집도 아닌 것 같지만

저기는 내 집이었다
기억하기 싫은 정도는 내 집이었다

낙서는 많았는지
웃음은 없었는지
모르겠지만

한 사람이 게으르게 누워 있었으므로
저곳은 집다운 집이었다

집인가 아닌가
들어갈 수 없으므로 집이 아니다

집인가 아닌가
부산이든 통영이든
저기 누워 떠올렸으니
집이 맞다

돌아가는 길에
돌아가도 좋으냐고 그래도 되겠느냐고
물을 수 없으니 내 집이다

저곳은 내 집이었으므로
집이 아니다

담배와 사과로 겨울

담배에 불을 붙인다
물을 끓인다
사과 한 입 크게 베어 먹는다
어제는 아쿠아리움에 갔다
삼성동 사거리 지나 현대백화점 끼고 우회전
바닷물을 채운 지하 수족관
겨울 물고기
그들의 자유는 이해할 수 없었다
아쿠아리움을 나오며 거푸 담배를 물었다
돌고 돌아 집에 닿았고 부패하듯 잠들었다
조금만 꿈꿨다
아쿠아리움의 겨울 물고기
그들의 시간은 방탕하고 투명한 무기력
창밖으로 모과나무와 지붕들
그 너머 국민은행 하얀 건물이 보인다
창, 지붕, 너머, 국민, 하얀, 은행
모두 제자리에 있다
사과를 꺼낸다 담배에 불을 붙인다

어쨌든 지금은 아침이고
기쁜 일이다

장마와 사루비아

당신은 거절의 말을
축하의 말처럼
한 발의 뼛조각이 아찔하게 뺨을 스쳐
소란히 얽힌 집들 사이로
빗나갔을 때

우산 든 사람과 비를 맞는 사람
처마에서 처마로 달리는 사람
장마와 사루비아
무엇을 맞았다는 말도
차마 못 하게

버스를 기다리는 동안 술을 마셨지
담배가 없다면 담배를 사다 주고
두부김치 달라면 몇 집 건너
두부를 사다 주던 가게
테이블엔 손님들의 손자국

목 졸린 짐승같이 버려지는 사루비아
하얗고 달콤한 쪽을
입술에 물 때
당신이 닿았던 곳을 내가 한 번 더 물 때
비 오는 하늘에 빨간 십자가
심란하게 벌서는 천지간의 전깃줄

그칠 때까지
거기까지는 장마와 사루비아
커튼이 내려진 듯이
사라졌던 것들 다시 손잡고 나타나
인사할 듯이

장마와 사루비아
당신은 거절의 말을 축하의 말처럼
무참한 것을 참 무덤덤히도

불가능한 휴식

저녁은 아름답지만 너무 짧다
그다음은
끝나지 않을 것 같고

번식하는 숫자들의 밤
옆방 여자가 벽을 두드린다
그녀의 남자는 등이 긁힌다

늘어진 스웨터
겨울밤이 끌고 다니는 곤궁
왕성한 별빛과 달빛

은밀하고 무례한 안부다
내가 써 놓은 편지를
누가 큰 소리로 읽는다

풍향이 바뀌고 창문의 좌우가 바뀌고
밤낮이 바뀌고

어떤 타락이든 칭찬받을 밤이다

쉽게 길드는 귀를
벽에서 떼어 낸다

불을 켠다
한꺼번에 빠져나가는
기억과 토막들
생쥐처럼 재빠른 일들

사방의 신맛은 사과의 즙이 아니다
그들은 계속 벽을 두드린다

외눈박이 놀이터

놀이터를 내려다보는 키 큰 감시자
가로등은 인색하고 어둡다
엉덩이를 받치는 미끄럼틀의 가파른 기울기
추석이 가깝지만 나는 벌써 어른 아닌가
'없다' 말하지 않고는 설명할 수 없는 일들
아버지같이 무뚝뚝해진 동생과
늙은 엄마
다리를 접었다 펴면 그네가 조금씩 움직인다
꽃들에서 썩은 오줌 냄새가 난다
양쪽 귀를 관통하는 바람과 농담
자동차 한 대 지나간다
확인한 것은 외눈박이 놀이터
남자 어른 한 명
너무 진지하면 거짓말에 멈추게 될 텐데
손톱을 깎고 양말을 꺼내 신고
나란히 앉아 아버지 젯밥을 나눠 먹는다
걱정 없다
없는 것이나 마찬가지다

앞 차의 붉은 미등을 따라, 왔던 길을 되돌아 달린다
낯익고 막막한 이 소도시에서
몇 시간의 쓸쓸함은 당연한 거 아닌가
두 개나 되는 눈 쓸모없는 거 아닌가

주춤거리다

지나는 비일까, 저녁까지 내릴까

우산 쓴 남자는
우산 밖으로
달려 나간 여자의 포즈를 바로잡는다

소나기일까 소나기라고 부를까
얼른 이름 붙이고 정류장으로 뛸까

벤치 끝에 걸터앉아
담배를 피우고
침엽수의 성장은 빠르구나
젖은 머리칼 넘기면서

지나는 비일까
저녁까지 내릴까

자라는 것들 대담하고 느긋하다

그치지 않을 듯이
아무것도 피하지 않아서
내다보던 사람은 창을 닫는다

담배는 젖고
침엽수는 자라고

그칠까 시작일까 저녁까지 내릴까

우산 밖 여자는
우산 속으로 되돌아간다

정물

엄마는 봄 같다
꽃씨같이 흩어지려는 아이 둘을
데리고 자동차들 피해
게으른 고양이 늘어지게 하품하는
길은 좁고
트럭 한 대 골목을 빠져나온다

맑은 오후다
구겨지기 쉽다

쌀겨 같은 햇볕 톡 톡 쏟아진다
찰기 없는 저것들 뭉쳐
무엇을 만들까
동그랗게 뭉쳐 무엇을 맞힐까
무엇을 떨어뜨릴까
어떻게 누일까 바닥에는
어떻게 누울까

느린 발등에 꽃씨가 앉고
먼지가 쌓이고
싱거운 바람
흙탕물 구질구질한 살결

시작하면 잘 자란다
계속 자란다
멈추려는 것은 왜 미리 어두운지
멈추지 않는지

옮겨 가는 불

건너라는 신호다
편안히 업혀 가는 등짝은 아니고
한 발 디디면
얼른 다른 발 디뎌야 하는
달궈진 돌덩어리

몇 개 건너뛰어도 될까
개당 만 원, 이만 원짜리 뒤섞인
살림살이
한두 개 없어져도 모르는 거다

떠돌이 중들 찾아와 몇 푼 용돈을 받아 간다
들뜬 몇은 뒷방에 모여 소주 한잔 홀짝거리고
신도들 팔랑거리는 이름표에서 틀린 글자를 찾는다

저기 싸움 났네
돌아보면 등에서 등으로
옮겨 가는 불

울지 말라는 뜻이다

초파일 알록달록 매달린 연등

나는 자연인이다

별을 봅니다
별이 보이지 않는 곳에서 왔습니다
별을 보려 하지 않는 시대에
별은 하늘에 있지 않은 시대에
이곳은 별이 잘 보이네요
외딴섬 같군요

하늘은 맑고 나무는 잘 자란다

당신이 꿈꾼 자연은 없다
생명은 끝없는 혼란으로 당신을 옭아맨다
나무를 심고 씨를 뿌리고
은하가 몇 번 태어났을 동안의 긴 노동
시계는 여전히 오후의 뙤약볕

농부들이 감춘 의심과 호기심
백 개가 필요하면 사정할 때마다
한 개씩 내어 준다

배추와 상추가 그러한 것처럼
나무와 열매가 그러한 것처럼
하늘과 땅이 그러한 것처럼

하늘은 맑고 나무는 잘 자란다
죽음이 많기 때문이다
장례식장에 묶어 둔 죽음이
이곳에는 밤하늘 별만큼 흔하다
그것들은 늘 다시 태어난다

햇볕이 마루에 비친다
얼룩이는 그림자들을 당신은 매만진다
어느 먼 과거에 요람처럼 들어가 눕는다
머리털이 자라고 냄새가 자라고 귀찮음이 자라고
노동자를 부리는 컨베이어 벨트의 공포를
사무직이던 당신은 부지런히 배운다

비가 오네

커피 향에 녹아드네
빗방울 몇 개 팔뚝에 닿네
흘러내리네

물줄기는 죽은 것을 살리고
죽은 척을 깨우고
당신의 결의를 서서히 녹인다
당신은 그들과 친구가 되고 싶다
그들 사이에 들어가 앉는다 말을 건다
비구름은 낮고 검다

하늘은 맑고 나무는 잘 자란다

돌아온다, 길은 처음의 그 길이다
커피 한잔을 앞에 놓고
친구들에게 당신이 본 자연을 그려 보인다
물론 그 그림은
교과서에서 배운 것이다

근데, 잘 모르겠어……
모르는 게 당연하다
아무도 모른다

하늘은 맑고 밤이면 별이 잘 보인다

좋은 날

우리는 가깝게 마주 앉았다
얼굴을 맞댈 수는 없다

한 칸 남았다
바람은 늘 한 칸 남은 바람

그것으로 잎을 흔든다

It's a beautiful day
이 말, 오늘 두 번 들었다

한 번은 그늘에 앉아 담배를 피우던 아침
지나가는 외국인이 하늘을 가리키며 그렇게 말
했다
또 한 번은 영화 속에서
화면이 어두워지면 자꾸 내 얼굴이 비치던
14인치 노트북
소녀와 그를 구한 남자가 함께 말했다

It's a beautiful day

나는 이렇게 들었다
좋은 날이다, 한 칸 남았다

자전自轉

담뱃불을 붙이는 잠깐
멈춘 말끝
힐이 높은 여자와 초속 463km

이곳의 관습을 배우는 동안
당신은 당신 안에서 여전히 눈부시다
여러 곳으로부터
가져온 당신의 하루 밤낮 이야기

나는 경솔한가
너무 오래 깨어났는가

피로는 한나절이면 풀리겠지
빈 곳이 중심인
해변의 그물 침대처럼
조금 불안하게

당신이 당신을 반으로 접어 놓는다

정오의 반대편에서

풀이 시들고 개들이 짖고

이런 귀가

어제 죽은
빛의 마을에 돌아가려는 게 아니라
색다른 도시를 찾으려는 게 아니라

어둠의 환대를 바라서가 아니라

돌아보는 하늘 붉어 염소처럼 안심하는
이런 귀가는 어떤지

삶의 리듬과 언어의 미학

고봉준(문학평론가)

임곤택 시의 화자들은 '길 위'에 있다. 여기서의 '길 위'는 장소가 아니다. 그것은 우리가 처소격 조사를 붙여서 표현하는 공간이나 지향점으로서의 장소가 아니며, A에서 B로 이동하면서 거치기 마련인 선분 위의 점 같은 것도 아니다. '길 위'는 삶의 불확정적인 상태에 대한 공간적 표상으로 이해되어야 한다. 시에서 이 삶의 불확정성은 이동, 즉 유동하는 시선으로 드러난다. 떠다닌다는 것, 그것은 안착할 장소를 찾지 못했다는 의미이기도 하다. 임곤택의 시가 이동의 방향과 목표를 제시하는 경우가 거의 없는 까닭도 이 때문일 것이다. 그렇다고 좌절, 절망, 슬픔 등의 상투적인 단어들을 떠올릴 필요는 없다. 이유는 알 수 없으나, 그의 언어는 그런 감정적 동요를 강조하기보다는 시종일관 무감無感의 태도만을 드러낸다. 우리가 그의 시세계에 쉽사리 접근하기 어려운 지점이 바로 여기이다. 오해의 여지를 무릅쓰고 말하자면, 임곤택의 시에는 극적인 사건이나 이념적인 지향 같은 것이 두드러지지 않는다. 그의 시는 우리가 '일상'이라는 기호로 이해하는 세계를 좀처럼 벗어나지 않는다. 아니, 그 세계를 방황하듯 맴돈다고 표현하는 것이 더 적절할 듯하다. 이런 이유로 인해 그의 시를 반복해서 읽으면 하나의 머릿속에 하나의 풍경이 그려진다. (소)도시의 주변부를 한가롭게 배회하는 한 사내의 형상이 그것이다. 공간은 (소)도시가 아니어도 좋다. 중요한 것은 그의 욕망의 방향이 중심, 그러니까 도시의 중심부를 향하지 않는다는 것, 동시에 늘 어딘가를 향해 이동하는 양상을 띤다는 사실이다. 따라서 '길 위'는 하나의 태도, 세계와 일상을 대하는 시인의 태도라고 말할 수도 있을 것이다. 그렇다면 '태도'를 미학적 특이성이라고 말할 수도 있을까?

너는 연습 중
담배 연기는 얼굴로 되돌아온다

하늘은 빨갛고
달리는 사람은 조금 더 빨갛고
오늘은 나중에게 물러서지 않기를

아이를 땅에 묻는 젊은 부부는

동전 한 개를 그 위에 던져 놓는다

너의 말이, 여기 적는 글자들이
낱낱이 혼자이기를
혼자들이 배를 만들고 게으르게 연명하기를

10센티 남은 일몰
버려진 가옥 퇴색한 페인트가 집일 때

이것들 다 혼자일 때
잔인한 호의 없이
죄 없이
다음 없이 혼자일 때

—「10센티 일몰」 전문

　　임곤택의 시를 읽으면 '무표정'이라는 단어가 떠오
른다. 일상적인 풍경들, 짧고 단정한 문장들, 수사적인
과장을 선호하지 않는 표현들, 그리고 절제된 진술들
과 여러 개로 분할된 발화들은 진술의 층위에서 좀처
럼 의미의 소실점을 드러내지 않는다. 이러한 발화 방
식은 시에서의 언어 기호가 '의미'에 종속되어 있지 않
음을 예증하며, 따라서 '의미'와는 다른 층위에서 접

근할 것을 요청하는 듯하다. 「10센티 일몰」이 대표적
이다. '10센티 일몰'은 "10센티 남은 일몰", 즉 어둠이
내리기 직전의 순간을 의미한다. 하지만 그것은 시간
적 배경의 의미보다는 하나의 세계가 거의 끝나 가고
있음을 알리는 기표 이전의 기호 같은 것으로 다가온
다. 화자는 이 위태로운 '끝'의 시간을 배경으로 몇 개
의 장면과 진술을 제시하고 있다. 그런데 5연과 6연
이 특정한 순간, 즉 '~때'로 끝나는 것에서 알 수 있듯
이 이 시에는 화자의 내면이나 생각을 직접적으로 드
러내는 진술이 존재하지 않는다. 뿐만 아니라 여섯 개
의 연에 걸쳐 제시되는 장면들 또한 유기적인 연관성
이 떨어진다. 따라서 1연의 진술이 '10센티 일몰'이라
는 제목과, 또는 나머지 다섯 개 연의 진술들과 어떤
관계일까, 라고 묻는 방식의 시 읽기로는 이 시에 대해
우리가 얻을 것이 별로 없다. 그렇다면 어떻게 읽어야
할까?

　우선 반복되는 몇 개의 시어와 이미지를 중첩시켜
서 읽어 보자. 이 시에서는 '혼자'라는 시어가 반복되
고 있다. 4연에서 화자는 '너'의 말이 "낱낱이 혼자이
기를" 기원하고 있고, 6연에서는 눈앞에 보이는 '이것
들'이 "다음 없이 혼자일 때"에 대해 진술하고 있다. 알
다시피 모든 반복은 그 자체로 징후적이다. 우리는 이

시에 등장하는 '너'의 정체에 대해 알지 못한다. 하지만 화자가 '너'의 '말'과 '글자'가 '혼자'이기를, 나아가 그것들이 "잔인한 호의 없이/죄 없이/다음 없이 혼자"일 때를 생각하고 있음은 알 수 있다. '나'와 '너'의 관계가 '일몰'을 배경으로 '혼자'라는 단어에 의해 매개될 때, 그것은 구체적 진술 없이도 충분히 우리에게 어떤 느낌을 불러일으킨다. 게다가 그것은 "오늘은 나중에게 물러서지 않기를"이라는 진술에 의해 뒷받침되고 있다. 이 장면의 비극성은 젊은 부부가 아이를 땅에 묻고 동전을 올려놓는 장면(3연)과 10센티 남은 일몰을 배경으로 "버려진 가옥 퇴색한 페인트가 집일 때"(5연)라는 상황으로 인해 한층 증폭된다. 알다시피 묘석이나 무덤에 동전을 올려 두는 것은 기억과 존중의 상징이니 젊은 부부는 소중한 대상을 잃어버린 존재들이고, "버려진 가옥 퇴색한 페인트"로 형상화되는 '집' 또한 가족의 해체나 상실을 암시하는 것으로 이해할 수 있다. 이처럼 이 시는 죽음, 해체, 이별 같은 '상실'이라는 사건을 배경으로 하고 있음에도 그것들에 대해 직접적으로 말하지 않는다. 시인은 자신의 실존을 위협하는 사건들 앞에서 그것을 애써 과장하지 않는다. 이는 삶에 대해, 일상에 대해 쉽게 '희망'이나 '절망'이라는 어휘를 내뱉지 않는 태도에서도 확인된다. 이처럼 임곤택 시의 '무표정'은 냉소적인 무관심의 산물이 아닌 것이다. 그것은 최선을 다해 만들어진 '무표정'이라는 점에서 세계에 대한 하나의 태도로 이해되어야 한다.

> 소리 지르는 아이를 참다가 참다가
> 그 엄마에게 항의했다.
> 그러지 말걸 그랬다.
>
> 눈이 내렸고 눈을 뭉쳤고 벽을 맞혔다.
>
> 말을 그치자 말이 없다 잠깐 뜨겁고 오래 차갑다.
> 생면부지의 열애는 늘 이렇다.
>
> 주머니에 손 넣어 동전을 짤그락거린다.
> 눈이 계속 내린다.
>
> 벽에는 내가 던진 눈 뭉치가 뭉개져 있다.
> 그러지 말걸 그랬다.
>
> —「그러지 말걸」 전문

'일상'에 대해 이야기할 때 시인들은 두 가지 태도를 취하는 경향이 있다. 먼저 일상을 그 자체로 긍정하려는 태도가 있다. 이때 일상은 이념, 현실 같은 거대한 이야기의 대타항으로 인식되며, 시인들은 현재, 즉 삶의 구체성을 옹호하기 위해 '일상'의 가치를 강조한다. 한편, 일상을 탈구축의 대상으로 설정하는 방식으로 일상에 관심을 두는 시인들도 있다. 이때 일상은 '낯설게-하기'를 통해 극복되거나 재구성되어야 할 대상으로 인식되며, 현대시는 이 일상에 대한 의도된 폭력을 통해 자신의 미학적 가치를 강조하곤 한다. 이런 뚜렷한 차이점에도 불구하고 위에서 언급한 태도들은 세계를 일상과 그 바깥이라는 두 개로 분할된 것으로 인식한다는 점에서 동일하다. 이와 달리 임곤택의 시에서 '일상'은 바깥과의 관계에 의해 말해지지 않는다. 그에게 '일상'은 그 자체로 세계이다. 때문에 인용시에 반복적으로 등장하는 "그러지 말걸 그랬다."라는 반성적인 목소리는 흔히 서정시의 특징으로 언급되는 '성찰'이나 '윤리'와는 다르게 읽힌다. 이 시에서 화자는 아이가 내지르는 소리를 견디다 못해 아이의 엄마에게 항의한 것, 그리고 눈 뭉치를 벽에 던진 것 등에 대해 "그러지 말걸 그랬다."라는 후회의 태도를 보인다. 이 후회의 태도가 "생면부지의 열애"에도 적용되는 것인지는 분명하지 않지만, 후회의 대상이 지극히 사소하고 일상적인 것, 그리하여 시적 대상으로 언급하기에도 사소해 보이는 것이라는 사실은 주목할 필요가 있겠다. "작은 것들은 서로 닮는구나"(「발견」)나 "시시한 것을 담고/시시한 것을 쌓고"(「서울에서 멀어지면」)에서 드러나듯이 시인은 작은 것, 시시한 것에 유독 관심이 많다. 전자에서 "작은 것들"은 벌레, 풀씨, 손톱 같은 것이고, 후자에서 시시한 것은 시시한 물음, 시시한 대답, 그리고 시시한 물건들이다. 임곤택에게 시는 "어느 부주의한 마음에 잠깐 산다/이름을 떠올릴 때마다"(「발견」)라는 진술처럼 이 작은 것들에게 잠시나마 마음을 내어 주는 것에서 시작되며, "스웨터 장갑 철 지난 것들/그렇게 다/버릴 수 있을 것 같으면서도"(「서울에서 멀어지면」)라는 문장처럼 버려도 상관없을 것 같은 것들을 이삿짐에 담는 일에 필적한다. 생각해 보면 일상이란 이처럼 작고 보잘것없는 것들로 이루어진 시간인지도 모른다. 시인은 그 일상의 순간들을 정직한 시선으로 그려 낸다.

꼬마 셋이 지나간다. 같은 곳에서 머리를 자른 듯 머리 모양이 똑같다. 가운데 아이가 저금통을 거꾸로 들어 올린다. 셋이서 동전 구멍을 올려다본다. 떨어지기를 기다린다. 눈송이 민들레 사탕 한 알, 어떤 것이 나오면 좋을까. 꼬마 셋은 닮았다 하나쯤 닮지 않아도 좋지만 그들은 닮았다.

　　더 많이 닮다가 슬슬 달라지겠지. 과일을 사거나 팔
겠지. 과일 가게를 지나가겠지. 튀어나온 자동차에 놀라
물러서겠지. 사랑하거나 그랬다고 믿겠지. 매미 소리를
듣겠지. 겨울에도 푸른 풀잎들을 무심결에 지나치겠지.
기다리는 사람이 있겠지. 닮았다가 달라지다가 다시 닮
아 가겠지.

　　　　　　　　　　　　　　　　　　 —「아마도 셋은」 전문

　　이 시에 등장하는 '꼬마 셋' 또한 '작은 것'의 일종이
다. 화자는 '머리 모양'이 똑같은 세 아이의 행동을 호
기심 어린 시선으로 관찰하면서 그들이 "닮았다"라는
사실을 인지한다. 저금통을 거꾸로 들고 동전 구멍을
올려다보며 무언가가 떨어지기를 고대하고 있는 아이
들. 화자는 세 아이 가운데 "하나쯤 닮지 않아도 좋"
다고 생각하지만 그런 기대가 무색하게 아이들의 모
습은 꼭 닮았다. 이때의 '닮음'은 "머리 모양이 똑같다"
라는 진술에서 알 수 있듯이 시각적 유사성을 의미한
다. 반면 "더 많이 닮다가 슬슬 달라지겠지"라는 2연
의 진술에서 '닮음'과 '다름'은 시각적 유사성과 차이
로 환원되지 않는다. 그것은 그들이 앞으로 살아갈 미

래적 시간, 즉 "과일을 사거나 팔겠지. 과일 가게를 지나가겠지. 튀어나온 자동차에 놀라 물러서겠지." 등의 진술에서 확인된다. "닮았다가 달라지다가 다시 닮아 가겠지."라는 진술처럼 화자는 아이들의 인생을 닮았다가 달라지다가 다시 닮아 가는 과정으로, 그리하여 동일성과 차이의 연속으로 인식한다. 요컨대 인간의 일생은 어느 시점까지는 동일한 형태를 띠다가 어느 순간이 지나면서부터 달라지기 시작하며, 더욱 시간이 흐름에 따라 그 차이가 다시 동일성으로 귀결된다는 인식은 결국 인간의 보편적 삶이나 운명에 대한 진술처럼 들린다. 시인은 '꼬마 셋'이 '닮음'의 방향으로 모이는 시기에 우연히 그들을 목격했으며, 그 닮음이 어느 순간에는 차이를 향해, 그리고 다시 닮음을 향해 나아갈 것임을 예상하고 있는 것이다. 이처럼 '일상'에 대한 임곤택의 시적 관심은 소박하고 투명하다. 그의 화자들의 일상은 "바보들의 힘을 믿고/그것으로 사랑의 겨울과 사랑의 더위를 씻고/털 묻은 속옷을 빨고/백주대낮에 소문내듯이 그것을/부모처럼 형제처럼 행복처럼 가지런히 널고"(「한 조각 아름다움」), "좋은 오후와는 어떻게든 늦게 만나서/채소를 함께 다듬고/반쯤 죽은 것에 물을 뿌려 반쯤 살리고/게으른 아이는 그냥 놔두면 된다"(「오후의 느낌과 여행을 떠나자」)라는 말처럼 한없이 소박하다. 아니, 때로는 소박하다 못해 지루하고 권태로운 느낌마저 든다. 따라서 우리는 "두 시간 후면 광화문에 가야 하는데/서울 가는 기차를 타야 하는데"(「광화문에 가야 한다」)라고 중얼거리는 그의 화자가 기차를 타지 않았을 것임을 예상할 수 있다.

저기가 내 집이었다
속이 비치면 집이 아닐 것 같지만
앓아누운 사람 한둘 없으면
집도 아닌 것 같지만

저기는 내 집이었다
기억하기 싫은 정도는 내 집이었다

낙서는 많았는지
웃음은 없었는지
모르겠지만

한 사람이 게으르게 누워 있었으므로
저곳은 집다운 집이었다

집인가 아닌가
들어갈 수 없으므로 집이 아니다

집인가 아닌가
부산이든 통영이든
저기 누워 떠올렸으니
집이 맞다

돌아가는 길에
돌아가도 좋으냐고 그래도 되겠느냐고
물을 수 없으니 내 집이다

저곳은 내 집이었으므로
집이 아니다

—「집인가 아닌가」 전문

　　임곤택의 화자들은 이따금 질문을 제기한다. 가령
「주춤거리다」의 화자는 지금 내리는 비가 "지나는 비
일까, 저녁까지 내릴까", 또는 "그칠까 시작일까 저녁
까지 내릴까"가 고민이다. 그리고 「해라, 하지 마라」의
화자는 부고訃告를 받고 조의금 봉투를 구입하는 일
이 귀찮아 "은행 로고가 찍힌 봉투에 오만 원을 넣"었

다가 은행 로고가 인쇄된 것이 마음에 걸려 빼기를 반복한다. 그의 고민이 "그곳에도 봉투가 있을 거라 생각"하는 것으로 종결되는 것으로 보아 "은행 로고가 찍힌 봉투"를 버리고 장례식장에 갈 가능성이 높아 보이지만, 「광화문에 가야 한다」의 화자가 그러했듯이 그가 반드시 조문을 간다고 장담하기는 어려워 보인다. 이러한 장면들은 의도적으로 연출된 트리비얼리즘Trivialism의 흔적처럼 보이기도 한다. 한편 이런 사소한 것들에 비하면 인용시의 고민은 사뭇 진지한 것이라고 말할 수 있다. '집'이 있다. "저기가 내 집이었다"라는 진술로 미루어 짐작건대 시인은 한때 자신이 살았던 집과 마주하고 있는 듯하다. 그런데 사태는 단순하지 않다. "저기는 내 집이었다/기억하기 싫은 정도는 내 집이었다"라는 진술과 "속이 비치면 집이 아닐 것 같지만", "들어갈 수 없으므로 집이 아니다"라는 진술이 팽팽하게 대립하고 있기 때문이다. 시인의 눈앞에 존재하는 것이 '집'인 이유는 그것이 한때 "내 집"이었기 때문이며, '집'이 아닌 이유는 예전과 달리 "앓아누운 사람 한둘"이 존재하지 않고, 들어갈 수 없기 때문이다. 여기에서 '집'은 물리적인 형태를 지닌 건축물이 아니라 실존의 장소로 인식된다.

그런데 작품의 후반부에서 '집'을 둘러싼 실존적 대

립은 이상한 방식으로 허물어진다. 화자는 "부산이든 통영이든/저기 누워 떠올렸으니" '집'이라고 주장하는가 하면, "돌아가도 좋으냐고 그래도 되겠느냐고/물을 수 없으니 내 집"이라고 주장한다. 어떻게 이런 논리가 가능한 것일까? 사실 이것은 논리에 따른 진술이 아니므로 논리적으로 이해할 수 없다. 즉 이 지점에서 인식의 변화는 논리로 접근할 수 있는 것이 아니라는 의미이다. 이 시에서 시인이 강조하려는 것은 특정한 '의미'가 아니라 '많았는지-없었는지', '들어갈-돌아가' 등의 기호적 대립인 듯하다. 시인의 두 번째 시집(『너는 나와 모르는 저녁』) '해설'에서 오연경 평론가는 '(일상의) 반복'을 임곤택 시의 특징으로 언급했는데, 실제로 임곤택의 시에서 반복되는 것은 일상적 장면이나 행위만이 아니다. 특정한 기호, 시어 등의 언어적 요소가 의도적으로 나열, 반복되기도 하고, 대립과 조화의 방식으로 제시되기도 한다. 말하자면 임곤택에게 시는 주제나 의미의 층위만이 아니라 언어, 즉 말하는 방식의 문제이기도 한 것이다. 사정이 이러하므로 '의미'의 층위에서 접근하기 어려운 작품을 읽을 때면 '언어'의 층위에 주의하며 읽어도 좋을 듯하다. 시에서 특정한 음가音價나 소리의 반복은 '의미'와는 다른 맥락에서 작품으로 들어가는 또 다른 입구이다. '죄 없이 다음 없이'라는 시집의 제목 또한 이런 맥락에서 이해할 수 있을 듯하다.

여러 개의 방을 담은 큰 집이 있고
과수원을 지키는 작은 집이 있고
나무 사이에는 하얀 말이 산다

아침의 산책길 저녁의 산책길
하얀 말을 본다
그의 등에는 돌아간 아버지가 타고 있다
떠올리기 싫은 내 화난 얼굴
거칠고 무례한 친구들이 타고 있다
어느 바쁜 일이
하얀 말을 몰아 오는 것 같다
털옷 입은 사람을 보았고
맨발로 걸어간 자국들을 보았고
보는 곳마다 하얀 말이 있고
볼 때마다 사라진다

여름이 되려는 것 같다
하얀 말은 여름이 되려는 것 같다

—「하얀 말」 전문

이것은 풍경의 재현이 아니다. 재현적 생산물이 아니므로 특정한 의도에 의해 배치된 언어들, 그리고 이미지들의 짜임으로 간주하는 것이 타당해 보인다. 가령 1연에서는 '큰 집-작은 집'의 대립, 그리고 '~있고'의 반복이 흥미롭다. 2연에서는 산책길에서 마주치는 '하얀 말'과 그것을 타고 있는 "돌아간 아버지"의 존재가 시적 세계의 중심을 차지하고 있다. 화자는 반복적으로 '하얀 말'을 본다. 거듭 말하지만 '반복'은 그 자체가 이미 일종의 징후이다. 그런데 그 말에는 "돌아간 아버지", "떠올리기 싫은 내 화난 얼굴", "거칠고 무례한 친구들"이 타고 있다. 게다가 그 말은 "어느 바쁜 일"이 몰아 오는 듯하고, "볼 때마다 사라"진다. 존재와 부재 사이에서 수시로 나타났다가 사라지는, 진동하는 '하얀 말'의 정체는 무엇일까? 이 시에서 '하얀 말'을 재현적인 대상으로 간주하는 해석은 어딘가 이상하다. 게다가 그 말의 등에 올라타고 있는 존재들, 그 말이 등장하고 사라지는 순간들을 고려하면 더욱 이상해진다. 화자의 진술에 따르면 '하얀 말'과 동시에 나타나는 존재들은 부재하는 대상들, 그리고 부정적인 대상들이다. 임곤택의 시에서 '아버지'는 "우울한 정신을 준"(「추신」, 『너는 나와 모르는 저녁』) 존재, "평생의 밭뙈기 전부를/제게 남"(「식욕」)긴 존재, "미움에는 공포가/공포에는 안 보이는 아버지가 숨어 있는데"(「깃발」) 등으로 언급되는데, 특히 '공포'와 연결된 아버지는 외면하고 싶은 부정적 대상이라고 해석할 수 있다. 게다가 "떠올리기 싫은 내 화난 얼굴"이나 "거칠고 무례한 친구들" 같은 부정적 형상과 연결된다는 점에서 '하얀 말'은 시인의 자아 정체성을 위협하는 어떤 것, 그렇지만 실제 대상은 아닌 '과수원-집-나무'와 관계된 어떤 대상에 대한 비유적 표현으로 읽는 것도 가능할 듯하다. 분명한 것은 이 일련의 흐름이 "하얀 말은 여름이 되려는 것 같다"라는 것, 즉 계절의 변화와 연동되어 있다는 것이며, '하얀 말'이라는 시어의 반복이 의미와는 다른 층위에서 언어적 효과를 생산하고 있다는 사실이다.

軍馬를 끌고 간다
밤은 어둡지 않고 가계의 우울처럼
한번 오면 밤새 돌아가지 않는다
말은 슬픔을 걸음으로 바꿀 수 있다
가족의 쪽잠 사이로 하품 사이로 번지던 것
밑도 끝도 없이 전진

통로에 선 외국인들의 낯선 말

노동자들이 거의 분명한
그들은 부드럽고 강하게 스, 크, 발음하고 있다
초원의 바람을 닮은 유—
구름 보고 누운 청년의 입술에 루—
양 떼와 소 떼 지나는 진흙길의 추—

밤기차를 타면 떠오르는 목포행
목포행을 타면 반드시 만나는 아버지
다음 날의 선창과 썩은 내장들

가장 빠른 말은 어떤 색이었을까
가장 오래 달리는 말은
두리번거려도 두려움 없는 저들은
멀리 달려온 뒤에는
어떤 물소리 듣고 개울을 찾아냈을까

열한 시 넘은 역에는
앉은 사람, 선 사람, 기대고 조는 사람
불빛은 기차의 창을 비춘다
그보다 자세한 달빛
초원과 구름과 軍馬와 졸음들 뒤섞인 밤의 북벌
잠깐 멈춘 역에서

말들은 어떤 풀을 뜯었을까

—「밤의 북벌」 전문

    화자는 '밤기차'를 타고 어딘가로 향하고 있다. '북벌北伐'이라는 단어가 환기하듯이 열차는 어둠을 배경으로 북쪽을 향해 달리고 있다. "軍馬를 끌고 간다"라는 표현에서 나타나듯이, 시인에게 기차는 '말[馬]'로 인식된다. 그런데 왜 이때의 말[馬]을 '철마鐵馬'가 아니라 '군마軍馬'라고 표현했을까? 기차는 한자문화권에 도입될 때부터 종종 철마鐵馬라고 불렸는데, 그것은 근대 이전까지 말[馬]이 주요한 운반 수단이자 힘을 측정하는 잣대였기 때문이었다. 이와 별개로 여기에서 시인은 '북벌'과 '군마軍馬'를 결합시킴으로써 자신의 이동에 전쟁의 느낌을 투사하고 있다. 흥미로운 점은 이 시에서 "말은 슬픔을 걸음으로 바꿀 수 있다"라는 진술처럼 '말[馬]'이 '전쟁'이 아니라 '슬픔'에 관련된 짐승으로 제시된다는 점이다. 그리고 그 슬픔은 "가족의 쪽잠"과 연계됨으로써 밤기차를 타고 어딘가로 향하는 한 가족의 슬픈 형상을 떠올리게 한다. 그런데 다시 읽어 보면 '軍馬'는 한자로 표기한 반면 '말'에는 한자 표기가 붙어 있지 않다. '말'이라는 동음이의미의 혼란을 불러일으킬 것을 모르지 않으면서 이

렇게 표현한 까닭은 그것이 의미의 혼란이 아니라 다
양성을 낳을 것이라는 믿음 때문인 듯하다. 그리하여
시인은 2연에서 '말'이라는 기호를 1연에서의 '말'과는
전혀 다른 방식으로 강조한다. "통로에 선 외국인들의
낯선 말"이 바로 그것이다. 이때의 '말'은 소리 또는 발
음으로 경험되는 것이니 화자는 "부드럽고 강하게 스,
크", "초원의 바람을 닮은 유—", "구름 보고 누운 청년
의 입술에 루—/양 떼와 소 떼 지나는 진흙길의 추—"
처럼 소리의 맥락에서 표현한다. 북쪽을 향해 달리는
밤기차를 '軍馬'를 이끌고 가는 북벌이라고 표현함으
로써 '말[馬]'이 등장할 수 있는 계기를 만들고, 밤기
차 내부의 풍경을 활용하여 '말[馬]-말[言]'의 언어 효
과를 제시하는 것, 이처럼 임곤택의 시는 종종 '의미'
보다는 '소리'의 질서를 따라 전개된다. 사정이 이러하
다면 그를 '일상'의 시인이 아니라 '반복'의 시인이라고
부르는 것이 더 적절할지도 모르겠다. 시인에게 '일상'
은 '반복'을 가시화할 수 있는 하나의 계기일 수도 있
거니와, 그렇다면 다음번에는 또 다른 방식의 '반복'의
미학을 기대해도 좋지 않을까.

죄 없이 다음 없이

2021년 8월 3일 1판 1쇄 펴냄
2022년 1월 4일 1판 2쇄 펴냄

지은이	임곤택
펴낸이	김성규
책임편집	김은경 조혜주
디자인	김동선
펴낸곳	걷는사람
주소	서울 마포구 월드컵로16길 51 서교자이빌 304호
전화	02 323 2602
팩스	02 323 2603
등록	2016년 11월 18일 제25100-2016-000083호

ISBN 979-11-91262-45-2 04810
ISBN 979-11-89128-01-2 (세트)